SAVE THE STORY

留住故事

LA STORIA DI

ANTIGONE

文
景
———
Horizon

安提戈涅

的故事

［英 国］阿莉·史密斯 讲述
Ali Smith

［意大利］劳拉·保莱蒂 插图
Laura Paoletti

康慨 译

上海人民出版社

乌鸦于飞，肃肃其羽，穿过天际。

正是夜，还没到早晨，她羽毛浓黑，竟至于无形，从城墙上空悄然滑过。她端起两肩，伸出脚爪，落到门柱上，然后一跳，便回了巢。

她身下便是此城的大门。城门一共七座，那乌鸦在这第七座上安家。对乌鸦来说，这是最好的住处，一向有着观看战场的绝佳视野。

刚刚结束的这场战斗是迄今为止最恶臭的。很多很多吃的。她因此希望现在就是一年当中的育儿期，有一堆她新孵出的蛋。要是人类能够决定到这一年更有用的时间再互相残杀，那该多好啊。可是没有。从她伸出黑嘴巴，把碎蛋壳推出鸟巢，再送纤瘦的小乌鸦们上路，已经整整一个季度过去了。唉，好吧。这就是生活。不管怎么说，乌鸦的生命都是飞一般地消逝着。

现在军队还在撤退，剩下的船将消失于海天相接的细细一线；昨夜燃烧的火，现在烟正在散去，下面那些仍然活

7

着的人类，已经烧掉和掩埋了死者。活下来的人类大多是雌性的。雌性负责事后的清理。他们在堆积的碎片残渣中跋涉。他们在残存的路上拉着断了轫的小车。没什么新东西。乌鸦以前统统见过。她是老鸟，岁月已经让她变得心明眼亮，教会她该看什么，又该对什么熟视无睹。她还知道，看到丢弃在地面的死人时，别花太长的时间挑肥拣瘦。决不要花太长的时间，免得那些仍然活着的人类有时间注意到她，免得他们找到一块石头丢过来。一，下去；二，降落，用爪子抓牢；三，用尖嘴在死人鼻子、手指、美味眼睛的边角使劲拉扯，一道完美的晚餐；四，要赶快，哗哗哗升空，离开那里。

仍然活着的人类总是慢半拍。他们毕竟不是乌鸦。他们肩宽背厚，又没长翅膀。有些人弓着身子，因为他们背负着伤痛；还有些人弓着身子，是因为背负着重量，满载着从死者口袋和背囊里掏出来的东西。而但凡还活着的，无不人人丧胆，急着在黎明的阳光让他们无所遁形之前，赶回城里安全的地方。

她用尖嘴重新整理了翅膀上的羽毛。太阳很快就要升起。战斗已经结束。度过了一个长长的夜班，她安顿下来，准备睡觉。

但是在她下方，看，就在城门边，紧挨着大门的地方，那条狗仍然坐在那儿，等待着。

狗守在那儿已经好几天了，打从战斗开始就在那儿。他仍然在那儿，他寸步未离。

"呱！"她叫了一声。

狗根本不抬头看她。

狗一律很蠢。这一条还年轻，忠犬之心写满了他那张狗脸。他身上遍布着征尘。某个仍然活着的人类，现在也许死了，也许吩咐过他坐在门边，在这儿等着。

所以他听命照办。

"呱——哈哈！"乌鸦在高处大笑。

年轻的狗疲倦地在碎石和尘土中转了一圈，然后又一圈。他在为自己铺床。

他爪子很大。他已经长成了那种你得留神别挡他道的狗。因为他猛地一口，

就能咬掉你整条尾巴，然后坐在那
儿，嘴里支棱着你的尾羽，像一把
妇人的扇子（本鸦当真有过这样的
遭遇）。他是那种近似于狼的东西：
牙齿尖，耳朵灵，长着一张俊俏的
长脸。

他卧伏着，脑袋枕在交叠的爪
子上。他形容凄惨。可他的两只耳
朵还是朝前竖起着。

"回家吧。你主人死了。"乌鸦
对狗呱呱了几声。

没反应。

狗啊。他们戴着项圈，拴着狗
链，或者为一点小恩小惠守在仍然
活着的人类身边，就这样高高兴兴
地度日。他们从仍然活着的人类手
中讨食，就好像喂他们食物的那只
手本身不是好吃的东西一样。

"你主人没准儿已经被烧了,埋了。"她呱呱道。

突然,狗猛地挺直了身子,乌鸦的心一阵狂跳。怦怦怦!就算狗不可能跳到城门那么高,她还是蹿到了空中,尾巴上的羽毛扑啦啦地乱响。

可是,狗根本没注意她。相反,他站在那儿听着,一只爪子抬离了地面。

大木头门上有扇小门开了。

两个仍然活着的人类姑娘从门里现了身。她们的动作充满了警觉,好像守卫着什么秘密。

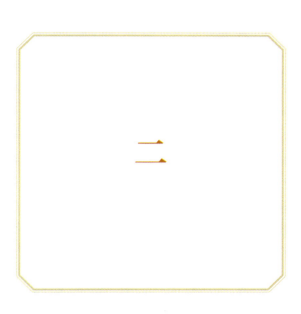

这两个女孩子很年轻，太年轻了，实在不该自己出城，到这见鬼之地的边缘游荡。她们衣着考究，要是平时看见，可一点也不像那种会在大清早鬼鬼祟祟溜达到城墙边的姑娘。

其中一个从长相上看，大约十二人类岁；另一个也许大一点，不过她们长得非常相像。嗯，在乌鸦眼里，所有仍然活着的人类看上去都差不多。她俩的动作却很不一样。小的那个使劲往前走，大的那个用力往回拉。

"因为我们是姐妹。"小的那个说，"因为我们身上流着同样的血。"

她越这样说，大的那个，也就是她姐姐，脸上就越没有血色，越露出害怕的样子，左右张望，好像巴不得小的那个稍微安静一点。

"现在这个。"声音略大的女孩子说，"听，给丢在那边了。乌鸦的食物。"

老乌鸦在巢里坐起来了。食物？专门给乌鸦吃的？

"安提戈涅，"年长一点的女孩子说，"我不知道你在说什么。"

"仔细听，伊斯墨涅。"小的那个说。

这下老乌鸦坐直了身子，提高了注意力。安提戈涅和伊斯墨涅！两位小公主！俄狄浦斯王一家，古老的人类王族，只剩下这两个，就在鸟巢下面。

得，得。世事无常。安提戈涅公主。她对俄狄浦斯一直那么好，那瞎了眼的人，那曾经是国王的人，她的父亲。她一直做父亲的眼睛，那女孩子，一直做到他死（过了生死的界限，眼睛也只不过是乌鸦嘴里一道特别的食物）。

乌鸦见过他们，小女孩领着那垮掉的、穿着破烂王袍的男人，在这条路上出现过很多次。

"嘘，安提戈涅！"她姐姐说，"我只知道他们两个现在也都死了。咱们的哥哥。厄忒俄克勒斯和波吕涅刻斯。都给杀死了。互相把对方给杀死了。死在了同一个瞬间。我知道的就是这些。"

她摇摇漂亮的小脑袋，站住了，脆弱得像一叶长草。她生得一头秀发，乌鸦想，拿来做鸦巢的衬里，想必甚好。可是在她身边，她妹妹活像一支小火把，在灰暗的空气里烧起来了。

"听着。"她说，"克瑞翁说，我们一个哥哥是英雄，另一个是叛徒。克瑞翁说，可怜的、死了的厄忒俄克勒斯是英雄。克瑞翁说，可怜的、死了的厄忒俄克勒斯要风光地厚葬，有军乐队，有二十一响礼炮，有一座雕像，年年都要列队游行，来纪念他的英勇。"

"是啊。"伊斯墨涅说着擦了擦一只眼睛，"可怜的厄忒俄克勒斯。"

"但是克瑞翁还说，可怜的、死了的波吕涅刻斯是个叛徒。"安提戈涅说，"克瑞翁还说，因为他是叛徒，所以不能下葬。克瑞翁还说，谁都不准把他盖起来；谁都不准祈祷；

谁都不准为他请求下界鬼魂的欢迎；甚至谁都不准为此感到悲伤，也绝不能表现出悲伤的样子。如果有谁这么干了，如果有谁埋葬他，那么克瑞翁还说，这个'谁'就要在城里给人用石头砸死哩。"

用石头砸死，乌鸦想。呱。砸乌鸦呀！

"可这是我们的哥哥呀！"安提戈涅说，"他说的是我们的哥哥。躺在那边，在露天里，没有掩埋。没有掩埋的贮藏品，更像是乌鸦的贮藏品。"

总算遇见个懂事的姑娘，乌鸦想。

她准备随时出发，就等小女孩说出这具上好的死尸在哪儿了。

"我们高贵、仁慈、英明的舅父克瑞翁，高贵、仁慈、英明的新王克瑞翁，他还说他要来这儿，就是我现在所站的地方，随时会来。"安提戈涅说，"他当着忒拜城全体长老的面儿发布圣谕。所以，伊斯墨涅，这就来了。"

"什么这就来了？"伊斯墨涅问。

"你的机会呗。"安提戈涅说完便抓住了姐姐的手。

"这是什么意思，我的机会？"伊斯墨涅问。

她把手拿开了。她向后退，和妹妹拉开了距离。妹妹迎上前，又一次伸出了手。从乌鸦的巢看过去，姐妹俩好像在跳舞一样，她们熟悉舞步，好像这是她们已经跳过了一百次的舞。

　　"表现你出身多么高尚的机会。"安提戈涅说，"多么杰出、卓越，真正的王室风范。给我看看你是不是好样的。"

　　"我？"伊斯墨涅问。

　　"看看我们是不是好样的。"安提戈涅说。

　　"你的眼睛！你活像一头野兽！"她姐姐说，"别这样看我。"

　　"走吧。"小一点的女孩子说，"你跟我，我们去把他抬起来，我们用自己的手来抬。我们去埋葬那可怜的、死了的波吕涅刻斯。"

"你要违抗法律吗？"伊斯墨涅问。

她们这样干是要被石头砸死的，乌鸦想。

"他是我哥哥。"安提戈涅说，"到底什么时候他不再是你的哥哥了呢？"

"法律。"伊斯墨涅说，"别做蠢事，安提戈涅。国王说的。"

安提戈涅把双臂抱在胸前。

"国王不能告诉我什么是对的，什么是错的，因为那是我和我哥哥的事。"她说。

"可是那样会闹出丑闻的！"伊斯墨涅说，"想想在爸爸身上发生的事情吧。"

安提戈涅的眼睛里含满了泪水。

"想想在妈妈身上发生的事情。"伊斯墨涅说。

"我想着呢，"安提戈涅说，"我一直都在想。"

呱。此言不虚。乌鸦这才想起来，下面那两个仍然活着的女孩已经一个家人都没有了。

"都走了，就剩下我们了。"伊斯墨涅说，"要是我们也一眨眼的工夫就没了呢？那有什么用？我们究竟又能做些什么？我们甚至不再是正经的王族了。我们是听差的。更糟的是，我们不仅是听差的，我们还是女人。我们甚至不该走到城墙外面来，千万别想跟我们的舅父作对，别想跟国王、跟政治、跟法律作对。"

小一点的那个点点头。她转过身，背对着姐姐。

"我要自己干。"她说。

"安提戈涅，"她姐姐说，"他们会杀了你。"

"我反正也是死的了。"安提戈涅仍然背对着她说道，"我做死人的时间比活下去的时间长得多。"

"你疯了。"她姐姐说，"你吓到我了。可是听我说，成，我答应你，我不会告诉任何人你要做什么，行吗？"

听了这话，妹妹转过身，再一次面对着她的姐姐。

"你放开嗓子尽管去叫！"她喊道，"你说什么我不在乎。克瑞翁说什么我不在乎。任何人说什么我都不在乎。"

她走了。乌鸦看着她走开。那孩子像岩浆一般炽热，同时又像井水一样冰冷。

她姐姐站着，双臂无助地垂挂在身体两侧。她转过头，看见了墙边的狗。狗也用一对深情的大眼睛看着她。然后他们双双望向安提戈涅，看她穿过战斗留下的废墟，走向荒野，渐渐消失。

"她总是这么疯。"她说，"世界上最好的、最完美的妹妹。"

然后这漂亮的，仍然活着的小小人类摸了摸狗头，便穿过大木门上的小门，溜回了城里。

仍然活着的人类。他们统统是疯子。

乌鸦把头缩到翅膀下面，因为下面那条愚蠢的狗又开始嚎了。真难听。

啊——呜——。哇呜——呜——。

狗啊。不仅愚蠢，而且多愁善感。她把翅膀上的一根羽毛挦直。而且他们都是伪君子。他们随时都会对死尸下嘴：如果饿急了，或是馋急了；如果刚好有具死尸摆在旁边；如果刚好没人喂过这可怜的宠物，给他喝甜牛奶、吃小饼干。

噢，可他毕竟只是个小狗崽子。他不知道历史。他不懂，他什么也不知道。才六个月大，他怎么能知道呢？

想想那小女孩，她自己也曾经是个小崽子，和那瞎子，也就是她父亲一起走过这条路。想想她怎样紧跟着他，领他穿过足以没到她胸口的一条条河流，穿过风暴，天太热时带他到阴凉下面，看他安全地从小偷和好心人中间穿过。

这足以让人感动，哪怕是一只铁石心肠、聪明绝顶的黑色老鸦。

她蹦到鸟巢边上，然后一跳，就到了空中。乌鸦于飞，肃肃其羽。

她飞得高高的，接着向下。她落到地上，与狗保持着安全的距离。她用尖嘴在土里画了一条线。

"如果你发誓不越过这条线，我就把整个故事讲给你。"她说。

"汪。"狗说着摇了摇尾巴。

"坐下。"乌鸦说。

狗坐下了。

"趴下。"乌鸦说。

狗趴下了。

"装死。"乌鸦说。

狗翻过身,肚皮朝上,四爪朝天。

白痴,乌鸦想。

"好狗狗。"她说。

狗呼呼喷着气,笑了笑,翻过身俯卧着。他笑得露出了狗牙。

乌鸦往后蹦了几下,离远了一点。

"历史教训切切不能忘记。"她说。

"汪。"狗说。

"那两个女孩是老国王的女儿,俄狄浦斯王,你有没有听说过他?"乌鸦问,"没有?

27

他的名字在城里仍然活着的人类嘴中，可比食物还常见呢，好多好多个月都说不完。"

"汪。"狗说。

他的舌头从嘴里伸出来了。

"好吧。"乌鸦说，"首先呢，这位俄狄浦斯是这里的一个大英雄。他本来是个俊俏的异乡人，在千钧一发的时候抵达，从巨兽手里拯救了城邦。巨兽就是斯芬克斯，它让我们的生活受尽了折磨。你听说过斯芬克斯吗？它就像一只吓死人的巨型大猫。"

狗一通乱吠。

"不管怎么说，是俄狄浦斯让城邦摆脱了它。"乌鸦说。

"啊？"狗说。

"说来话长。"乌鸦说，"关键是他做到了。而正因为他做到了，就像得到奖励一样，他当了国王，还娶了王后，王后原来的丈夫，也就是老国王，已经蹊跷地死在一个路口，听说

28

是和一个年轻而又俊俏的异乡人打了一架。"

狗一脸茫然。乌鸦不管。

"听着，因为俄狄浦斯。"她接着说道，"他在小时候，在他还是个非常小的小孩子时，就受了诅咒，诅咒说他将来会杀死他父亲，娶他母亲做妻子。"

狗耸了耸肩。

"我知道。"乌鸦说，"反正对我来说没什么区别。可仍然活着的人类特别在意这种破事。丑闻啦。命运啦。这个神那个神啦。诅咒啦。他们把这些东西像衣服一样穿在身上。因为他们没长羽毛。也没长狗毛。"

"汪。"狗说。

"不管怎样，"乌鸦继续说道，"他父亲和母亲一听到这个诅咒，一听说这可爱的小宝宝有一天会杀掉他们当中的一个，并娶另一个为妻，就让人把他们可爱的小宝宝抱出去，丢到山坡上，成心让乌鸦把他吃掉。而且，为了不让他在山坡上爬远，逃脱命运，他们还刺穿了他的双脚。这就是他叫俄狄浦斯的原因所在，这名字的意思是肿大的脚。比你的脚还要大呢，呱。"

狗低下头看着自己的脚爪。然后，他开始啃其中的一只。然后他看了看另一只前爪，便又啃起它来了。乌鸦叹了口气。

"听着！"她说，"是这样的。他没让乌鸦吃掉。他活下来了，长大了，后来杀死了他的父亲，在一个路口，在不知道那个人是他父亲的情况下；后来又在不知道是他母亲的情况下，娶了自己的母亲！呱。真能折腾。"

仍然活着的人类。像疯狗一样疯狂。他们，还有他们疯狂的历史，他们的神，他们的命运，统统绑缚在他们身上，就像这条狗，可以让人套上项圈，拴到栅栏桩子上，整夜待在外面受冻。

狗的两只眼睛又大又圆。

"所以呢，"乌鸦说，"后来的事情是这样的。首先，是他母亲也是他妻子的人类自杀了，对吧？因为'羞耻'。因为'丢脸'。那么看在老天分儿上，俄狄浦斯王又做了什么？难道这样就能不那么丢脸了？他把两只手插进了自己的脑袋，扯出了自己的两只眼珠子！他把自己弄瞎了！然后他就走掉了，满世界流浪，像个老叫花子，一点也不像国王。后来他死的时候，眼睛是瞎的，人也垮掉了，发生了什么呢？典型的仍然活着的人类的把戏。他的两个儿子，我们刚才看到在吵架的两个女孩的哥哥，决定他们两个都即位，都当国王。他们决定分享忒拜新国王的王位。他们站在王宫的台阶上，为此握了手。然后你猜怎么着。来。猜猜看。"

年轻的狗儿一脸糊涂相。

"呱！这么慢！你真不乌鸦。"老乌鸦说。

她告诉狗，第一个哥哥做国王的时间满了以后，却拒绝下台。虽然他们有言在先，他却决定不交出王位。这就是打仗的原因；另一个哥哥召集了军队，攻打城邦。好多仍然活着的人类在战斗中死了，其中就包括这兄弟两个。其实呢，情况是做了国王的那一个用剑刺穿了他兄弟的身体，与此同时他的兄弟也对他做了同样的事情。真有意思。不管怎么说，这些事情发生之后，现在他们的舅父成了新国王。他叫克瑞翁。

"仍然活着的人类啊。"乌鸦厌恶地抖了抖羽毛，"他们争战。他们死亡。自始至终他们还要写难听的诗，唱难听的歌，夸自己多么伟大，怎样在大地上称王；还有他们的战斗，他们的胜利，他们的失败，他们的死亡，他们生育的更愚蠢的仍然活着的人类。"

就在此时，不早不晚，十五个上了年纪的忒拜长老走出了城门，他们长长的袍子和长长的胡子在清晨的热雾里摇来荡去。

“呱。”她叫了一声。

乌鸦于飞，肃肃其羽。

她回到巢中，用一只翅膀蒙住头。长老们一向能让她安恬地进入梦乡。

四

狗看到乌鸦飞走了，他一扭头，只见十五个好老好老的老头子正在努力排成扇形。他们跌跌撞撞。他们互相之间时不时拌两句嘴。

接着，不知道怎么回事，他们开始齐声高歌：

太阳啊，看见你多么欣喜。那可怕的战役我们已得了胜利！

战争像大鸟一样飞过城郭。因为波吕涅刻斯它才会出没。

仗没打完我们谁都不能作诗。我们感觉像白痴，这真是罪该万死。

可是感谢宙斯，他知道没有诗我们生不如死。他出手一击，让他们从马背坠地，赏罚分明啊，大仁大义。

现在新王克瑞翁就要来，迎接这新一天。他想对我们做个演讲，我们还不知道他要说啥。

但是我们欢呼吧！战争结束了！神庙里就要起舞啦！因为……因为……

后来他们一起停住了。

年纪最大、见识最广和皱纹最多的长老站定，捋了捋下巴上所有老头当中最长的胡子，便按照字序，拿草棍儿般的指头点起了人数。

"甲一个，乙一个，丙一个，丁一个，戊一个，己一个……"他说。

"丑一个？"有人在后面说。

十五个老头全都陷入了深思。然后十五个老头一起摇头。

就在这时，城墙上方传来一阵喇叭声。乌鸦被惊醒了。十五个好老好老的长老全体立正，有几个人把拐杖也丢开了。

自战争开始以来，大大的城门头一次打开了。

十五个老头当中最年轻的一位，今年也有九十七了。他弯腰拾起自己的拐杖，高举过头，请大伙注意，然后宣布：

"给神庙选诗一事不过尔耳，但请诸位现在蹑足附耳，因为马上驾到的新君说一不二。看，他已现身第七座城门——儿。"

大伙都给最年轻的长老喝彩。国王骑在马上，还以为他们是在欢呼他的驾到呢。他颇具王家风范地欠身致意，然后开始讲话。

长老们侧耳细听，个个像老聋子一样热切。

"忒拜光荣的公民们，敬爱的长老们！"新国王说，"水面恢复了平静，我们城邦的宝船转危为安。"

哼，乌鸦心想。老一套的宝船比喻。但凡新国王，一张嘴就往外跑船。

"我们经历了狂风、暴雨，保得了平安。现在我做了国王。"克瑞翁王说，"今天召集诸位来这儿，是因为我知道你们的忠诚。说到底我相信你们的忠诚。说到底忠诚就是一切，不管谁做国王。你们过去为厄忒俄克勒斯王尽忠。在他之前，你们为俄狄浦斯王尽忠。在他之前，你们为之前的国王和之前之前的国王，还有之前之前之前的国王和，哦，之前之前之前之前的国王尽忠。现在你们要为我尽忠。"

长老们纷纷点头。

"我知道你们会同意的。"国王说，"因为你们对国王向来都是同意的。"

40

长老们又点了一遍头。其中两位点了又点，好像不管上面说什么，点头就是最安全的动作。

"我知道你们都赞同的是：一个害怕的领袖不是好领袖。"国王说，"我知道你们都赞同的是：一个国王，爱别的东西而不爱自己的国家，或者爱别的东西甚于自己的国家，这样的国王要比没有国王还糟糕哩。因为只有城邦像家一样安全，只有船上的一切井井有条，我们才能以强国身份立足世界。我就是这样，有心把我们打造成世界强国。我有心让我们变成伟大的国家。"

人人点头。

"喏。"国王说，"还有一件小事。我们都知道先王厄忒俄克勒斯是勇敢的。他是英雄。他为保卫我们而死，那么为了与这样一位民族英雄的身份相配，我将在这里，在这座城门为他立一尊雕像。可是他的兄弟，波吕涅刻斯。波吕涅刻斯是个叛徒。厄忒俄克勒斯是英雄，波吕涅刻斯是狗熊。"

大伙频频点头。

"我还要下令。"国王说，"今天，此时此地，只说这一次，谁都不准，我的意思是不管是谁，谁都不准纪念波吕涅刻斯。因为波吕涅刻斯什么都不是。也就是说，我下了令，谁都不准埋他的尸首。就让他在倒下并死去的地方烂掉吧，露天放着吧。狗，比如说蹲在城门口的那一条；乌鸦，比如说待在上面巢里的那一只，都可以享用他死掉的血肉。弄成碎块也行，做汤也行，剩下的玩意儿还能炖一锅肉糊糊——骨头啊，脑子啊，带筋的肉啊，肝啊，肺啊。"

　　长老们满脸惊惧。他们看看狗。他们又看看乌鸦。乌鸦回看他们，目光好不锐利。

　　"这下都明白了吗？"国王问，"因为不管是谁，只要忠于城邦，就重于山；不管是谁，只要不忠于城邦，就轻于毛。就是给乌鸦吃的肉糊糊。明白吗？"

　　"陛下啊，您的英明思想，我们半个字都不敢违抗。您是活人的主子，也是死人的君王。"长老们说。

"一个仍然活着的王认为自己是死人的王，呱——噢！"老乌鸦叫了一声。

"陛下啊，说千道万，您手握着君权。所以不管您吩咐什么，我们一律照办。"

"很好。"克瑞翁王说，"谢谢诸位。正是为了此事，我今天才要召集诸位长老，以确保我的命令得到执行，谁也不准碰我讲的那个死人。"

长老们慌了神。

"我们？哎哟，不要！我们实在太老太老太老！风一吹我们就倒，更别说不洗澡，不睡觉，守卫着可怕的死尸，把它当个宝！"

"不，不。"克瑞翁王说，"我不是这个意思。看护尸体的卫兵我自然已经做了安排。我的意思是，只要你们这些可敬的忒拜公民和可亲的忒拜长老让我相信，你们当中不会有人支持任何一个违抗我命令的人就可以了。"

"违抗您的命令？我们不敢放肆！我们不敢造次！我们知道您一定会把所有抗命的人弄死！"长老们说。

"我知道你们是忠诚的。"克瑞翁王说，"我知道你们是明智的。可是行贿受贿屡见不鲜。所以我不抱幻想。"

乌鸦看见国王的眼皮跳了一下，就像喜鹊看见亮亮的东西时眼睛抽搐一样。

"我不是傻子。有钱能使鬼推磨。对不对？"国王说，他看着长老们，眼皮又跳了一下。

就在这个时候，一个衣衫褴褛、满身风尘的人从战斗的废墟边缘出现了。他本来是要上前的，却后退了一步，好像改了主意。后来呢，他想了想，还是走到前面来了。

这是个卫兵，穿着卫兵的制服。

"陛下。"他说，"我大老远地跑来向您禀报。其实我不想来，可我还是来了，知道不？只想让您知道我是个怎样的后生。所以我尽可能快地赶来了。嗯呢，我是说，我跑了几步，后来停下来，琢磨了一下。"

"这人是谁？"国王问。

"可我琢磨得很快。"卫兵说，"嗯呢，当然了，我琢磨事儿的时候也不是特别快，但也完全不慢。再说有很多东西要琢磨，这就是我没有早点到的原因。"

"他在说啥？"国王问。

"不管怎么着，我还是到了。"卫兵说，"所以请别打死我。不是我干的！"

他转身就跑，跑出三四步远，又停下了，再次转过身。

"什么不是你干的？"国王问。

"什么都不是！"卫兵叫道，"我也没瞧见是谁干的，知道不？我们谁都没瞧见。可是后来我抽中了，怎么说来着，下下签。所以他们要我跑来跟您报告，除了我，别人一个个都溜之大吉了。我觉着吧，这不公平。"

"跟我报告什么？"克瑞翁王吼道。

他翻身下马，一把抓住了卫兵脖子后面的锁子甲。

"报告我们没瞧见的事儿呗，知道不？"卫兵说，"我们没瞧见的事儿就是……有人想……您知道的……想埋那个。"

"埋哪个？"国王咆哮。

他一下子把卫兵摔到地上。

"您让我们看守的那个死人。"卫兵说，"我们去瞅的时候，有人已经把他盖起来了。身上一层薄土，没多少土。"

国王摇了摇头。他头上的王冠猛烈地晃动了几下。

"也许是头野兽，刨起了周围的土。"国王说，"是这样吗？"

"嗯呢。"卫兵说,"恕我直言,不是。关键在于,陛下,要是牲口干的,就有点儿太整洁了。您知道吧,有人还做了那种事,在地上泼了酒,怎么说来着,搞仪式,您知道吧,给他们尽孝,给死人尽孝。我能闻出味儿来,酒味儿。可我们瞧不见,我是说酒瞧不见,也喝不到。我们既没瞧见酒也没喝过酒。我发誓。"

五

这个时候国王发了狂。他把卫兵从地上揪起来，摇晃着他，就像狗摇兔子。他冲着卫兵吼叫，好像发癔症的小孩。

"有人买通你这么干的。"他吼道，"我的敌人收买了你。"

"恕我无无无礼。"卫兵摇来晃去地说，"陛陛陛陛陛陛下，可这事儿您完完完全整整整整错了。"

"那我就唯你是问。"国王凶神恶煞地说，"你最好找出犯案的人，不然我就吊死你——还有你的朋友，以儆效尤。"

他把卫兵丢回满是尘土的地上。

"得，我觉着吧，这真不公平。"卫兵一边说话，一边啐着嘴里的沙子。

算他走运，国王没听见他说什么。克瑞翁重新上马，一溜烟地进城去了。巨大的城门开启，等他通过，便再一次关闭。

卫兵爬起来，掸落身上的泥土。

"呸！"他说。

他揩了揩胳膊肘和膝盖，又重新捆好两条胳膊上的铁皮护套，刚才国王猛烈摇晃他的时候，它们全掉下来了。

"得，如果我说错了，各位尽管纠正，但我记得他是我们的新国王，可不是我们的新暴君啊。好了，各位甭想再瞧见我了。"卫兵对瑟瑟发抖的众长老说。

他很快就没了人影。

长老们重新整理了一番各自的长袍，然后排成了扇形。

人奇妙，妙奇人。他航行在辽阔的海湾，耕作着辽阔的良田。

人驯服野鸟飞燕，捕捉游鱼海鲜。人让一切动物从他的心愿。

人创造语言，可以无所不谈。人建造房屋和城市，抵御冬天的严寒。

人生了病也能迅速复原。只有死神不肯就范。

如果法不是恶法，人的生存要靠法律为伴。有人一心向善，有人跟从邪念。

有人正直，有人低贱，有人高贵，有人刁蛮。我知道不要请哪种人到家里做客吃饭。

众长老纷纷点头。

乌鸦在巢里站起来，抖了抖身体，让自己清醒。

最老的长老撑着两只非常非常老的膝盖，慢慢蹲下，蹲到足够低的时候，他就能吹口哨叫狗了。狗站起来，抖了抖毛，摆了摆尾。他想了想，然后拿定了主意，慢吞吞地从墙边走过来。长老摸摸他，又非常非常慢地直起身。许多长老也伸手，摸狗头、狗背、狗脖子和狗胸脯。他坐在全体长老的中央，友善地收拢着双耳。

"呱—噢！"乌鸦在空中叫道，"我倒想看一下，谁来试试驯服我。"

但是狗开始叫了。小路上升起一团烟尘。果然，一小群人正在翻越小山。那是一队士兵，中间簇拥着一个小女孩，她手上锁着链子，脚上也锁了链子。

"这是什么？真是作孽！逮捕了！小安提戈涅！"

哎哟。张嘴就来，乌鸦想。

她厌恶地抖抖羽毛。押韵会传染的。就像感冒一样。仍然活着的人类做的很多事，都会让人担心地传染。

走在前面、用链子拽着安提戈涅的卫兵，正是不久之前到这儿来过的那一个，国王曾经摇掉了他的盔甲。

"国王现在去哪儿了？"他喊叫着，"国王在哪儿？这工夫我要找个国王，让他看看我既无辜又无罪，因为犯事的人根本不是我，可这工夫国王在哪儿呢？"

城墙上的大门打开了。克瑞翁出现了，他高高地骑在马上，立在城门口。

"谁用如此粗俗的方式呼唤国王？"他厉声问道。

卫兵用链子拉着那个仍然活着的女孩，一直把她拉到国王面前。

"知道不？"他说。

"为什么逮捕我的外甥女？"国王问。

卫兵们中间响起一阵忐忑的嘀嘀咕咕。国王的外甥女。哎哟哟。

"她埋，"领头的卫兵说，"埋尸首。"

"你撒谎。"国王说。

"什么，您以为我和您军队里的卫兵一样也是个傻子吗？"卫兵说，"我这就告诉您真相，全部的真相，除了真相别的什么都没有，千真万确，知道不？首先您威胁要吊死

我，把我们这些人统统吊死。
所以我回去跟战友们一说，
我们就到尸首那儿去了。我
们把它抹拭干净，直到上面
没有灰也没有土，反正人的
眼睛是瞧不出来，知道不？

不过，您知道吧，它臭了，有点呛人，天这么热对不对？所以我们走开了，坐到上风的地方。

"后来风越来越大，起了一场可怕的风暴，毫无来由，卷起尘土和树叶，把沙子吹进我们眼睛里，弄得我们啥都瞅不见。可是我们能听到一个声音，一声尖厉的哀号，就像鸟儿回巢发现蛋不见了一样。

"等风暴平息，又能瞅见东西的时候，我们瞅见了，就是她。她在捧着什么东西往下撒，她在往那具尸首上撒土，从头到脚。我们跑过去的时候，她正往地上洒水和酒呢。于是我们要她住手，带她过来。您说的我们都做了，所以您得马上免我的罪。嗯呢，陛下，还有我的朋友们，给点尊重什么的。因为我没有，我们都没有，干过那事，知道不？"

国王下了马。他站在离女孩稍微有点距离的地方，俯视着她。她那么小，而他那么高，她甚至不及国王的胸口。

"你干的？"他问。

安提戈涅仰起头，直视他的目光。

"我什么也不否认。"她说。

"你知道法律，也知道犯法要受的惩罚？"国王问。

"人人都知道。"安提戈涅回答。

"那你就是知法犯法。"国王说。

"你不是神。"安提戈涅说,"你说的话对死者是无效的。我很高兴为我死去的哥哥而死。他是我母亲的儿子。我是我母亲的女儿。"

最老的长老走上前,穿过荒地。他在哆嗦,可还是横身于女孩和国王之间。

"想想母亲。别忘记父亲。这不是她的错,她现在有点儿疯狂才会惹祸。"老头子平静地说。

说完,他后退一步,以示恭敬。

克瑞翁看看那条狗,又看看安提戈涅。

"世上有野马。"他说,"野马也可以轻易驯服。你只需要一根铁嚼子,差不多这么大,把它放进马嘴里就行了。"

他举起一只手,拿拇指和食指在空中比画出大约十厘米或十二厘米大小的样子,然后转向众长老。

"她有罪。"国王说,"她必将经受最可怕的死。噢,是的。她姐姐也一样。她姐姐的罪也一模一样,也要经受最可怕的死。"

"何罪之有？何罪之有？"长老们小声说。

"什么姐姐？"士兵们小声问。

只有安提戈涅好像一点也不惊讶。

"你，"国王对卫兵说，"把她姐姐带来。快去！"

"你需要多少人死呢？"瘦小的女孩问国王，"这里所有人都知道你错了。他们只是因为害怕，才不敢对你说出自己的想法。"

她环视着所有仍然活着的人类。

"你们怕吗？"她问。

一片沉默。只有狗的声音，最微弱的呜咽。

"肃静！"国王说，"是啊，你很快就会完全安静了。我想你一定很享受死的感觉，因为你非常爱那死人。你忘了。他是叛徒，你哥哥是叛徒。"

"他是我的哥哥，你的叛徒。"女孩说，"忘记这一点的人不是我。"

六

就在此时，另一个仍然活着的小女孩，安提戈涅的姐姐伊斯墨涅从打开的城门里出来了。她一看见眼前的情景就哭了。她走过来，看了看妹妹手上的铁链。她弯下腰，从自己漂亮的裙子上撕下一块柔软的、粉红色的布，在铁链下缠住妹妹的手腕，免得铁链擦伤皮肤。

"噢。"国王说，"蛇蝎姐姐。姐姐蛇蝎。好吧。告诉我真相。这事你也做了，对不对？"

"对。"伊斯墨涅回答，"我做了。"

安提戈涅一下子抽开了自己的手。

她摇晃着胳膊，直到那片撕破的裙布从皮肤与铁链之间松脱。

"你没做。"安提戈涅说。

裙布飘飘，落到地上。

"我不能说谎，我同样有罪。"伊斯墨涅说。

她用一只手臂搂住安提戈涅。安提戈涅挣脱了她。

"她没有权利这样说。"安提戈涅喊叫着,"她什么勇敢的事情都没做。她不像我。"

闻听此言,老乌鸦在巢里坐直了身体。这话说得好,也很复杂。小丫头果真这么自大?也许她只是想保护姐姐,好让姐姐留一条命?

"当初你选择了生。"小丫头说,"而我选择了死。"

"对,可是你死了,我活着还有什么意义?"姐姐说。

"你们俩都死定了。"国王放声大笑。

可他仍然没有命令卫兵抓住姐姐,乌鸦想。他不敢。

"而您,克瑞翁舅父。"年龄大一点的仍然活着的女孩此时说道，"您要杀死她，对不对？杀死我的妹妹、您的外甥女安提戈涅？哪怕您知道您儿子，您独生的儿子非常爱她。哪怕他们的婚期已经定下，一切都筹备妥当。"

这可是新闻！乌鸦喜欢王室的婚礼。王室婚礼总会留下很多上好的垃圾。

"我儿子海蒙娶一个罪犯？娶一个违抗我命令的人？除非我死——要不就是他死。"国王说。

他本来看上去有点动摇了。他有点动摇是因为年龄小一点的女孩说，所有人都暗地里赞同她。现在面对着两个这样的女孩，他看上去更有点拿不定主意。

"把这些女人押进去。"他突然说，同时背过脸，举起手挥了一下，"女人。她们应该一直待在城里。"

士兵们和两个女孩一起离开了，一个女孩用铁链锁着，另一个没锁，陪在她身边。

国王一下子面露倦容。

长老们转向他，一起清了清嗓子，接着唱了下面这首歌。十五个人全都闭着眼睛唱，好像不用睁眼，光张嘴就行。

我们活着没受罪，就是有福享了。因为众神翻覆手掌，就能让我们家破人亡。神恩浩大，宛若海洋，高高在上。好像风暴，从天而降，笼盖四海，日月无光。我们在船上，船小如飞蝗。神对待凡人就是这样呀，直到我们归于死亡。

　　常言道，众神大，凡人小，神的力量谁也挡不了。每当人有了力量，临了啊，难免走向灭亡。要我们说，过小日子，安静地活，远远好过成天招灾惹祸。

乌鸦抖抖羽毛，保持清醒。

她看到狗走上前，拿鼻子蹭国王的手。国王一低头，看见狗，立刻把手拿开，在袍子上抹了抹。

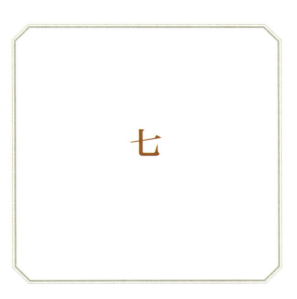

七

"您儿子来了，陛下，来看看出了啥事儿，再看看他还能不能很快办婚事。他跟安提戈涅发过誓了。可是，现在他的小娘子许给了乌鸦和狗作吃食，从此没您儿子什么事。"

"你们这韵押得骇人听闻。"国王说。

"陛下永远正确呀，从不犯错。我们永远跟着陛下呀，决不退缩。怪就怪我们唱得啰里啰唆。"众长老唱道。

果然，年轻的海蒙出现了，一步一步走向他父亲。

"怎么，儿子？"国王说，"你来和我吵架？生气了是吗？"

可这男孩看起来心平气和。他身上甚至一尘不染，好像他根本不是匆匆忙忙地赶来的，好像他只是沿着阳光明媚的道路，穿过战场的废墟，做了一次惬意的漫步。

"您是我父亲。"他说完便跪到地上，低眉垂首，"我会事事听从您的吩咐，我会时时相信您的英明。"

国王高高地挺起了胸脯。他扭头看着长老们，仿佛在说，瞧见了吧？

"喏，这才像我的儿子。"他说，"每个男人都会祈求得到这样一个儿子，一个决不会愚蠢到对女人比对他父亲还上心的儿子。"

众长老也点头哈腰。

"对！对！英明！英明！我们要走了，闭着眼睛。"众长老说。

"好，她满可以，怎么说呢，去和死人成亲。哦，儿子，我说得对吗？"国王问，"我说得对吗？全城上下，唯一一个违抗我命令的人。我要让大家都知道：我对所有亲属一视同仁。一切真正杰出的国王和统治者都会这样做。我说得对吗？事情发展到这一步，我也觉得如释重负。儿子，我不怕这样说。因为如果我败给一个女人，那就尤其难看了。甚至算不得女人，只是个女孩。对吗，儿子？"

海蒙摇了摇头。

"您是对的，父亲，当然是对的。"他说，"但是也可能，是的，也可能有别的方式来看待此事，别的方式可能也是对的。"

"你说什么？"克瑞翁问。

"整个城邦，"他儿子说，"都在哀悼。不是为那具尸首，而是为了她，为了那女孩。只是个女孩。"

"你说什么？再说一遍！"克瑞翁说。

"没人有足够的勇气和您说这些话。"海蒙说，"他们都太害怕了。但他们认为她做得对，因为她不想让狗和鸟吃掉

自己的哥哥。全城都这样说，人人都在这样耳语。所以呢，父亲，如果您对这场争论不偏听偏信，也许大有益处。"

"我不认为我从你嘴里听到的东西是对的。"克瑞翁说。

"就像一棵树，"海蒙说，"在风暴中它得低头，否则就会一下子折断。就像一艘船，帆索绷得太紧，如果不放松，就会在风暴中倾覆。"

"对！对！英明！英明！我们敢不敢睁开眼睛？"众长老唱道。

"我们都该睁开眼睛。"男孩说。

"吩咐我怎么做，嗯？"国王说，"一个小崽子？对我？国王？区区一介臣民竟然发号施令？"

"我这样说是为您好，也为我好，为她好，为全体百姓好。我这样说也是为了众神。"他儿子说。

国王用力跺了跺脚。

"你绝不可能在她还活着的时候娶她。"他说。

"行。"他儿子说，平静极了，"那我就娶死的她。因为如果您杀掉她，那么她的死必将促成别人的死。亲人的死。"

"你在威胁我？"国王咆哮。

"我的意思是，"他儿子平静地回答，"我将见到死的她，我也将见到你下地狱。"

他走了。留下哑口无言的父亲。

"您到底要怎样？如果您一错再错又会怎样？"

"不会。"国王一字一顿地说，"两个女孩。都得。死。我已经决定了。"

扇形的众长老上前一步。

"您已认定这是事实？您已认定应该把两人都杀死？"

"哦。"国王说。

他从长老们面前后退了一步。

"我接受你们的观点。"他说，"也许你们是对的。好。就一个吧。我们只杀掉小的。"

众长老动作一致，又向前迈了一步。

"那么多人都认为她做得对。您杀掉她将来就不会后悔？"

“哦。”国王说。

他原地转了一圈。

“我接受你们的观点。”他说，“也许你们是对的。”

他琢磨片刻，然后打了个响指。

“要不……既然她迫切地想要埋葬兄长；要不……既然她这样醉心于入土……咱们埋了她？活埋，行不行？我让人把她带到边境附近的老石窟，你们知道的，再给她留些食物，一点点吃的东西，然后封死洞口，行不行？这样一来就不能真算我杀死她了，对不对？行不行？”

他极为兴奋，沿着与他儿子截然相反的路走了。

众长老面面相觑，摇头连连。他们唱道：

爱不在乎金钱，爱的热度远胜火焰。不管打赢了战争还是遍地尸骸，爱情永不言败。爱不必押韵也没有理由，爱把正常的人变成痴婆疯汉。爱广如海洋，爱大过爹娘。爱赢下一切比赛和一切征战，拼搏在天上、地下和人间。没有什么东西，没有，什么也不能像爱那样成为力量的源泉。

八

但是他们停止了歌唱，因为他们看见士兵们把她带出来了，那个仍然活着的小东西，安提戈涅。

她衣衫褴褛，面无血色。她低垂着头。她的力量已不知去向。她的锁链闪闪发光。

"瞧。"她说，"瞧这多美呀。阳光照在我的锁链上。瞧它亮闪闪的样子。阳光洒在我身上，最后一次了。"

长老们蜂拥上前，好像要安慰她似的。

人民将说你从未受过病痛的毁伤。人民将说你死的时候健康无恙。人民将说你从没有过衰老的迹象。多么幸运的姑娘！凡事要往好处想！

往好处想！

乌鸦在巢中挺直身体，看着女孩怒不可遏的样子。这让她恢复了力量。就像打了个冷战，重新抖擞了精神；就像乌鸦每次听到他们唱歌时所做的那样。

"随便你们怎样恶待我吧。"她在队伍行进时说，"你们尽情讥笑我吧。可哪怕在黑暗里，我的眼睛也是睁着的。我不会活着了，我不会死去。照料我的人一个都没有了。"

国王听到她这样对长老们叫嚷，便纵马跑到队伍前面。

"他们全都一样，那些被定了罪的。"他说，"他们死到临头总要唱歌跳舞。现在把她带走吧。赶快！我没有责任。懂吗？杀死她的不会是我。她死就死吧，不是我干的。"

安提戈涅停下了。整个队伍也停下了。

如果一只有模有样的杯子也能说话，那么安提戈涅就像一只会说话的酒杯或水杯那样开了口。

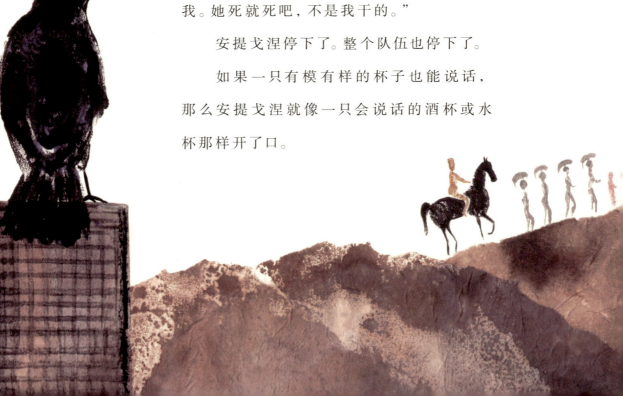

她说她希望死人能更好地照料她。

她说她不知道波吕涅刻斯会怎样看待她。她说如果她成为母亲，她未被埋葬的哥哥是她的孩子，那么她还有机会再找个丈夫；或是她未被埋葬的哥哥是她的丈夫，那么至少在人间，她还有机会再生些孩子。

"可是除了厄忒俄克勒斯和你，我再没有别的兄长。"她说，"我无能为力。现在我永远不会有丈夫了。我永远不会有孩子了。好吧。如果诸神认为这样公平，这一连串的事件——"

她在阳光下高高举起手上的锁链。

"——如果他们认为我受的这些罪是公正的，"她说，"那么好吧。但如果他们认为不是这样，那我希望让我受这些罪的人，也要受同样的罪。"

门口的狗，巢里的乌鸦，围成扇形的长老，注视着长长的队伍渐行渐远。小女孩打头，国王骑马殿后。等队伍到达山顶，就要从视野里消失的时候，狗奋力追了上去。

长老们唱起了荒唐透顶的歌。乌鸦在强烈的睡意中听到，他们唱的是一个被囚禁的公主无法逃脱自己的命运；又唱一个暴戾成性的男人明白自己错误不断，可是仍然，是的，仍然无法逃脱自己的命运。不管发生什么，谁也逃脱不了命运。呱！他们什么事情都怪命运，对不对？呱！仍然活着的人类就爱唱这样的歌。

乌鸦离巢，肃肃其羽。她以弧形疾飞，先向上，再向下。她降落到闭着眼睛唱歌的众人脚下，迅速叼起一块粉红色的布，那是早晨的时候姐姐从自己衣服上撕下来的。

她用嘴把它紧紧叼住，再次飞到空中。没有一个长老注意到她。乌鸦于飞，肃肃其羽。

这块撕裂的布垫在巢里一定不错。

九

她把布弄进鸟巢，塞到一堆小树枝和一片变硬的苔藓之间。

　　当她再度远望战场的废墟时，国王和扈从正要动身回城。还是同一支队伍，但最前面那个仍然活着的小人类已经不在了。看来法律已经得到了执行。

　　可是现在，他们为什么突然停下来了，停在山上？他们上空那片巨大的乌云又是怎么回事？它看上去就像——听起来也像，像一群愤怒的乌鸦汇聚而成的云。

乌鸦于飞，肃肃其羽。老黑鸟朝着那些东西飞去。可是她飞得越近，乌云就离她越远。它们正在向海岸移动。

乌鸦落到一棵树上，踩着烧焦的树枝。国王和他的人马都在这儿。年迈的长老们此时也拄着拐杖，爬上了山。

国王的全体扈从都被挡在路上，面对着一个很老很老的老头。他的身板挺得比任何老头子都直。他穿一身白衣，白得耀眼，难以直视。在他身旁，牵着他一只手的，是个小男孩。

男孩，再加上他神秘兮兮的白衣，已经表明了这漂亮的老头的身份。

忒瑞西阿斯，乌鸦暗自叫出了他的大名。

所有活物都知道忒瑞西阿斯。他是个变性人：据说他曾经既是男人类，又是女人类。他是个瞎子，像老国王一样瞎。他的瞎又有不同之处：他是看得见的，但他看见的只是未来。因为这一点，仍然活着的人类都很尊敬他的力量，向他寻求忠告。动物们也爱戴他。世界上最幸运的乌鸦，莫过于那些获准坐在他肩膀上的乌鸦了。

此时，克瑞翁高高地骑在马上，俯视着这个很老很老的

老头。他用一只手斜搭在眼前，挡住忒瑞西阿斯身上发出的光。他脸上的表情，只能用轻蔑加以形容。

"我要继续走自己的路，"国王说，"假装你什么都没说过。你过去一直很好，忒瑞西阿斯，我承认。可这证明你现在不中用了。你不中用了，老家伙。"

卫兵们畏缩了。

长老们神色忧惧。

"可我知道，克瑞翁王，因为我的鸟。"忒瑞西阿斯说。

他漫无方向地伸出一只手，乌鸦知道自己该怎么做。

肃肃其羽。

她从树上飞起，落到忒瑞西阿斯细长的老手上。她坐下，乌黑映衬着雪白。

"我的鸟疯了，"忒瑞西阿斯说，"我听到它们在天上闹腾。它们发出可怕的噪声。后来我听到翅膀和羽毛破裂的声响。它们在撕裂对方。于是我察看了一下圣火，我每天都在那里给众神献燔祭，求他们让天下诸事顺遂。可那火，那已经不是火了，它变成了一种不停滴落的油脂，蜡一般的、油脂状的液体，像一条舌头，而不是火焰。我问小童，就是这位，做

84

我向导的，问他看见了什么。他说那是一种污血，而不是火焰，这是个可怕的预兆，克瑞翁王。我赶来告诉你的时候，在路上经过了许多对我忠心耿耿的狗的尸体，疯鸟在天空盘旋，时不时就有一只死鸟从天上掉落——这都是因为它们吃了那个东西。"

"哪个东西，你这老傻瓜？"国王问，"你收了谁的贿赂才起来反对我？"

"那具尸首，"忒瑞西阿斯说，"那具你不准埋葬的尸首。腐败的尸首。克瑞翁王，你杀不掉死人。死人已经死了。如果你肯听，还不算太晚。"

"你收了谁的贿赂？"国王在盛怒中吼叫着。

忒瑞西阿斯平静地眨了眨空空的眼白。他松开小童的手。他摸向乌鸦，抚摩着她的羽毛，说出了如下的一番话：

"我看到的情形是这样的，克瑞翁王。你自己的继承人将要死去；你自己的家将空空如也，只剩下丧痛；你的王权将一钱不值；世界上所有碎裂的东西都将拿你来比喻它们的碎裂。你将成为无足轻重的人。"

说完，他的手轻柔而明确地活动了一下，于是乌鸦飞走，重回树枝。卫兵没等开口，便分成两列，让很老很老的老头经过，于是，忒瑞西阿斯由小男孩牵着手，一言不发，兀自离去。

狗崽子走在他身后，那条小狗，耷拉着脑袋，夹着尾巴。

忒瑞西阿斯的狗。好啊好啊！

"天啊。"国王说。

他双手捂住脸。长老们排成扇形，把他围在中间。

"陛下，这可是忒瑞西阿斯啊。陛下，我们恳求您啦。如果我们是您，陛下，他的话可不能不信啊。"

国王面无血色，好像忒瑞西阿斯身上炫目的光把他漂白了一样。

他开口了，声音小得可怜。

"那你们到底想让我怎么做？"他问。

长老们立刻做出了回答。

放小妞出山洞。

搬开大石头。

带她出来，再装殓尸首。

搬走石头。

打开洞口。

放走小妞。烧掉死者。给他把坟修一修。

"你们就是这样想的？"国王动摇了。

长老们像疯子似的叫嚷起来。

放小妞！

搬石头！

干净箱子装尸首！

石头搬走！

打开山洞！

烧掉尸首！快！快把坟修！

"要认输了，真为难。"国王说，"要吃败仗了，真为难。"

他掉转马头。他低垂着脑袋。

最后，他轻轻驭马前行，慢吞吞地，过了一会儿才像醒过来似的，策马而去。卫兵们跟在他身后奔跑。路上尘土飞扬。

尾 声

再给我们讲一遍！再给我们讲一遍！

将近一年之后。又一个黎明。巢里满是饥饿的雏鸟，它们刚出壳不久，还是湿漉漉的，现在都醒了，大大地张着饥饿的嘴巴（和耳朵）。

老乌鸦挤出点昨夜的残羹剩饭。

"给我们讲挨踢攻略！"最小的小乌鸦吱吱地叫着说。

"安提戈涅。"老乌鸦纠正她。

"安提戈涅，给我们讲她的故事！"最小的小乌鸦说。

最小的小乌鸦必定经历了最严酷的考验才得以存活，她实在小得可怜。

"从最棒的地方开始，就是最后死尸堆成了山的地方。"最大的小乌鸦说。

最大的小乌鸦想必没费什么力气就活下来了。他的胃口已经大得像鹰一样。

"好，我给你们讲，只要你们给我讲话的机会，"老乌鸦说，"我给你们讲，只要你们安静下来，好好听。"

叽叽喳喳的声音停止了。他们的嘴还张着，可是都不出声了。

"很好。"老乌鸦说，"嗯，你们都知道了，到最后就是那个样子的。"

"食物堆成山，真是棒死了！"小乌鸦们大叫。

"都怪国王先带着卫兵去埋死哥哥，也许他应该先去石窟把小姑娘放出来！"最小的小乌鸦说。

"可他没有。"老乌鸦说，"你说得不错。他去料理死人的后事了，没管活人。所以等他和卫兵们把死人烧得干干净净，让乌鸦和狗再也没东西可吃；等他们做完仍然活着的人类让死去的亲人得享哀荣的一切事情；等他们到了石窟，这时发生了什么事？"

"那仍然活着的小姑娘，安提戈涅，也死了！"一个中等大小的乌鸦宝宝吱吱叫道。

"对。"老乌鸦说，"她决定亲手结束自己的生命，就在那个时候，就在那个石窟，因为再也看不到阳光让她非常悲伤。还有别的原因。但是她的恋人，也就是国王的儿子，钻进了石窟，想要阻止她。"

"太迟了！"一个中等大小的小乌鸦高叫。

"对。"老乌鸦说，"因为他热爱的人已经死了。他哭啊哭啊，此时他父亲和卫兵们搬走了洞口的大石头，国王听见儿子的哭声，便跑过去安慰他。可儿子拔出剑，差一点当场杀死了国王，差一点杀死了他父亲。但是后来发生了什么呢？"

"可是呀，"最大的小乌鸦说，"他拿出剑，用在了自己身上，没过多久，他也死了。这还没完。因为儿子死了的消息回报到城里的王宫，回报给他母亲，也就是国王的妻子，她爱自己的儿子，怎么会不爱呢，所以她非常悲伤，所以她也自杀了。就这样，他们全都快乐地成了死人。"

"全都快乐地成了死人！"小乌鸦们呱呱叫道。

"一个快乐的结局。"最小的小乌鸦说。

"对乌鸦来说是快乐的结局。"他们的母亲老乌鸦说。

"再给我们讲一遍。从头给我们讲。"他们呱呱叫道。

他们喜欢听故事胜过吃毛毛虫。

"给我们讲仍然活着的关心自己死哥哥的小姑娘的故事。"第一只小乌鸦呱呱叫道。

"给我们讲违犯法律的小姑娘的故事。"又一只小乌鸦呱呱叫道。

"给我们讲想要建设强大城邦的国王的故事。"又一只小乌鸦呱呱叫道。

"给我们讲可爱的长耳朵小狗的故事。"最小的小乌鸦说。

（最小的这一只能不能活下来还是个问题，所以特别多愁善感。）

"再给我们讲一遍这个故事：发疯的乌云般的乌鸦群／

美味的死尸／咱亲妈坐在智者忒瑞西阿斯的手上／顶撞父亲的勇敢的仍然活着的男孩子／后来垫在咱们窝里的粉布头。"小乌鸦接二连三地呱呱叫道。

粉布头。没错，它成了鸟巢的一部分。可奇怪的是，他们如此渴望听到的那些故事同样成了鸟巢的一部分，老乌鸦暗自想道。

后来因为天快亮了，鸟巢下方大门上的小门打开了。十五个忒拜长老跌跌撞撞地走了出来。

他们绊在别人脚上。他们绊着自己的拐杖，踩到自己的胡子。他们排成扇形站好，又一次开口，就像每天一样。

看见太阳多美好。知道新的一天又来到。

随着年纪越变越老，我们希望自己越来越聪明，无事不知，无事不晓。

太阳升起时我们礼拜诸神，直到日落，直到睡觉。

随着年纪越变越老，我们也将知道得越来越多，在狗、人和乌鸦之间，努力做到最好。

老乌鸦看看自己的小乌鸦们。从来错不了。睡得死死的，个个如此。

但是一眨鸟眼的工夫，他们就会醒来，再次张开嘴。再没有比这更没跑的事了。

她得教他们怎样保持清醒，随时提高警惕。然后是怎么飞行。

再然后，也是最重要的，是怎么找到食物。

她离家而去，自己去找吃的了。

乌鸦于飞，肃肃其羽。

谨以此书献给我们的女儿海伦，心怀挚爱。

这个故事从何而来

(采访者：乌鸦　受访者：阿莉·史密斯)

乌鸦：安提戈涅的故事从哪儿来的？

阿莉：安提戈涅是希腊神话里的一个人物。

她的故事千百年来讲了又讲，以最著名和最令人难忘的一个方式，也是这个故事经久不衰和流传至今的一个原因，就是索福克勒斯在公元前442年写的一部希腊悲剧。索福克勒斯是个非常有名的希腊剧作家(也是希腊军队的将军)，他写过一百多个剧本，现在大部分都遗失了，保留下来的只有七部，其中一部就是《安提戈涅》。它是三部所谓的"忒拜戏剧"之一；另外两部写的是安提戈涅的父亲俄狄浦斯，叫作《俄狄浦斯在科罗诺斯》和《俄狄浦斯王》。《安提戈涅》应该是这些剧作中最早写成的，不过剧情发生在另外两部剧本所讲的事件之后。

很明显，索福克勒斯对安提戈涅的性格非常感兴趣。故事讲的是一个作为个体的人对抗她所在城市和国家的规则与政治，或是一个弱小而没有权力的女孩子勇敢地面对一个看起来将所有权力集于一身的国王，或是个人拒绝按照暴君的旨意行事。索福克勒斯用她的故事写出了这部强有力的戏剧，千百年来一直在上演，也不断得到重写和改编，从未失去它的现实相关性和生命力。它简直就是一个在各种情境下总会与现实相关的故事，因为有些东西从来不会改变，不管我们处于哪个时代，也不管我们处在哪一个历史阶段。这个故事讲出的东西对人类至关重要：人类怎样才能让事情变得有意义；我们如何彼此相待；权力是什么；权力让我们做什么；人类实际拥有的权力有多大，又有多小。

乌鸦：所以你这个故事是在索福克勒斯对古代神话改编的基础上改编来的？

阿莉：是的。

乌鸦：这不是偷吗？

阿莉：不，我认为不是。放眼过去，大部分故事都是用这种方式讲出来的。这是故事往下流传的方法之一。

乌鸦：这就像我朝着某种看起来很好吃的东西扑过去，比如一匹死马，或是人家扔掉不要的食物，我挑最棒的一块先吃，然后再带一块飞走是吗？

阿莉：有点像。故事就是一种食物。我们需要它们，其实呢，安提戈涅的故事，一个女孩子想要对哥哥的遗体表达敬意的故事，还有她为什么要这样做，讲了又讲，说明我们需要这个故事。这可能是我们让生命和死亡变得有意义的一种方式，也可能是帮助我们理解生命和死亡的一种方式，里面滋养着某种东西，即使它充满了可怕的和困难的事情。这是一个非常黑暗的故事，饱含着悲伤。

乌鸦：是的。嗯。我读了索福克勒斯的版本（当然是为了这次采访提前做的功课），我很有兴趣地注意到，你对他所写的安提戈涅的故事做了很大的改编，你增加了几个人物，我特别想说的就是我那个角色，那只乌鸦，还有守在城门口的狗。

阿莉：是的，差不多吧。但只是差不多，因为……

乌鸦：我的意思是，从个人来讲，我认为你做得蛮好的，因为很明显，你把我写得相当重要，而狗远没有那么重要。我是说一到重点叙述的时候。本来就是这样，对不对？我是说乌鸦比狗重要得多。本来就是这样，狗一般又笨又蠢。可是我能不能问一句，你为什么要把我们加进去？

阿莉：我说乌鸦呀，剧本原作的想象里就有很多乌鸦和狗。总是提到鸟啊，狗啊，因为原作里有这样一个问题，如果死尸扔在那儿不埋，会发生什么事？

乌鸦：好吃。

阿莉：对，这是你的意见，但不是人人都觉得好吃。我想说的是原作里有这种暗示：我们只是一堆腐肉，荒野必将吞噬我们，吞噬一切，除非我们做些什么。与此同时，索福克勒斯还让我们看到了人类和动物，以及更强大的东西之间一种特殊的关系。这发生在故事的后段，索福克勒斯让忒瑞西阿斯这个人物出场的时候。忒瑞西阿斯就像个有魔法的祭司，自然世界和精神世界都能通过他表达自己，都能马上实现，两者之间完全没有界限。

他能带来鸟的讯息，也能带来神的讯息。

贯穿全剧，整个安提戈涅的故事都在提出问题，虽然没有讲出来，但这些问题仍然是存在的，涉及事物之间的界限，动物和人类以及心灵之间的界限。有关野性和驯顺的问题，关于什么是文明行为、什么是野蛮行为的问题，关于什么是自然的和什么是非自然的、什么是有灵的和什么不属有灵的问题。所以在我看来很明显，你们俩，狗和乌鸦，在这故事里都有一席之地。当故事要纳入某种东西时，里面充满了关于忠诚、自然和真理的问题，这是一个关于人类行为、动物行为和精神行为的故事。我认为动物也是非常有灵气的。

乌鸦：我比愚蠢的狗更有灵气，这是明摆着的，所以你选择让我在情节中这么重要就对了。

阿莉：你这么说对狗有点不公平吧。可是很不幸，世界就是这个样子的。这是世界上最容易的事，断定别人或别的东西和我们不一样，可以撇在一边，或任人摆布，或低人一等，或不被接纳，或遭人排斥。其实，这就是安提戈涅这个故事和所有关于自然、关于人类本性的问题的基础。

乌鸦：噢，非常聪明，非常聪明。

阿莉：是的，这是个非常聪明的故事，感谢索福克勒斯。

乌鸦：愚蠢的仍然活着的人类。

阿莉：别那样看我的眼睛。那是我的眼睛。

乌鸦：愚蠢的仍然活着的人类，还有他们好聪明好聪明的故事。

阿莉：是的，这是个很棒的故事，而且在两千五百年后仍然有着非常强的生命力。像你一样。

乌鸦：你说我鸦老珠黄吗，愚蠢的仍然活着的人类？

阿莉：恰恰相反。

乌鸦：呱。好。

留 住 故 事

本书作者与出版单位

阿莉·史密斯生于苏格兰的因弗内斯，她在那里学会了溜冰，溜得相当好，她还在一匹名叫糊涂拉姆的设得兰矮种马的背上度过了许多时光。七岁左右，她开始写故事和诗。她记得，第一首诗写的是一个名叫伊莎贝尔的姑娘，还有一条吓唬她、说要咬她的蝰蛇，他们为了谁将活得最长而展开了辩论。（伊莎贝尔赢了。）

劳拉·保莱蒂是一位来自马切拉塔的非常年轻的画家，已经拿到了绘画方面的学位。她画油画，画插图，搞摄影，还收集鸟的羽毛。她对绘画总是带着狂热，甚至小时候就在墙上、裤子上、手上和脸上画了又画。2010年，她的作品入选了博洛尼亚童书展"绘本的语法"大展。《安提戈涅的故事》是她的第一本插画作品。

"留住故事"系列丛书就像一艘救生艇，专门拯救那些近千年来即将被历史长河淹没的文学故事。就像这本书一样，只要带有 标志，就说明这个故事已面临被遗忘的危机。

霍尔顿学院1994年诞生于意大利都灵，以"与众不同"为建院宗旨。这座学院就像一个到处都是房间、书籍和咖啡的家庭。在这里人们研究的东西叫"说书"，也就是用图书、电影、电视、戏剧、漫画等一切可以想到的表达方式来讲故事的诀窍，目前成果斐然。

共和国图书馆—艾斯布雷索出版社出版的书包罗万象，内容丰富多彩。日复一日，年复一年，这一书系已走入了意大利的千家万户。不计其数的小说、戏剧、散文和诗歌汇成了千百套形形色色的丛书赫然陈列在新老读者的书架之上。

留 住 故 事

文
景

Horizon

社 科 新 知　文 艺 新 潮

安提戈涅的故事

[英 国] 阿莉·史密斯 讲述　[意大利] 劳拉·保莱蒂 插图　康慨 译

出 品 人：姚映然
责任编辑：李晓爽　王　玲
装帧设计：陆智昌
美术编辑：高　熹

出　　品：北京世纪文景文化传播有限责任公司
　　　　　（北京朝阳区东土城路8号林达大厦A座4A　100013）
出版发行：上海世纪出版股份有限公司
印　　刷：北京汇瑞嘉合文化发展有限公司

开 本：850mm×1092mm　1 / 16
印 张：6.75　　插 页：2　字 数：45,000
2016年6月第1版　　2016年6月第1次印刷
定 价：59.00元
ISBN：978-7-208-13782-0 / I·1531

图书在版编目（C I P）数据

安提戈涅的故事 / (英) 史密斯 (Smith,A.) 讲述；
(意) 保莱蒂 (Paoletti,L.) 插图；康慨译. —— 上海：
上海人民出版社, 2016
(Save the Story)
书名原文: The Story of ANTIGONE
ISBN 978-7-208-13782-0

Ⅰ.①安… Ⅱ.①史…②保…③康… Ⅲ.①儿童文
学 - 图画故事 - 英国 - 现代 Ⅳ.①I561.85

中国版本图书馆CIP数据核字(2016)第096803号

本书如有印装错误，请致电本社更换　010-52187586